AF139254

Franz Kafka

Hochzeitsvorbereitungen auf dem Lande

Bibliografische Information der Deutschen Nationalbibliothek:
Die Deutsche Nationalbibliothek verzeichnet diese Publikation in der Deutschen Nationalbibliografie; detaillierte bibliografische Daten sind im Internet über http://dnb.dnb.de abrufbar.

Herstellung und Verlag: BoD – Books on Demand, Norderstedt

ISBN: 978-3-7392-4886-8

Inhaltsverzeichnis

I..7

II...22

(Zweites Manuskript)..27

I

Als Eduard Raban, durch den Flurgang kommend, in die Öffnung des Tores trat, sah er, daß es regnete. Es regnete wenig. Auf dem Trottoir gleich vor ihm gab es viele Menschen in verschiedenartigem Schritt. Manchmal trat einer vor und durchquerte die Fahrbahn. Ein kleines Mädchen hielt in den vorgestreckten Händen ein müdes Hündchen. Zwei Herren machten einander Mitteilungen. Der eine hielt die Hände mit der innern Fläche nach oben und bewegte sie gleichmäßig, als halte er eine Last in Schwebe. Da erblickte man eine Dame, deren Hut viel beladen war mit Bändern, Spangen und Blumen. Und es eilte ein junger Mensch mit dünnem Stock vorüber, die linke Hand, als wäre sie gelähmt, platt auf der Brust. Ab und zu kamen Männer, welche rauchten und kleine aufrechte längliche Wolken vor sich her trugen. Drei Herren – zwei hielten leichte Überröcke auf dem geknickten Unterarm – gingen oft von der Häusermauer zum Rande des Trottoirs vor, betrachteten das, was sich dort ereignete, und zogen dann sprechend sich wieder zurück. Durch die Lücken zwischen den Vorübergehenden sah man die regelmäßig gefugten Steine der Fahrbahn. Da wurden Wagen auf zarten hohen Rädern von Pferden mit gestreckten Hälsen gezogen. Die Leute, welche auf den gepolsterten Sitzen lehnten, sahen schweigend die Fußgänger an, die Läden, die Balkone und den Himmel. Sollte ein Wagen einem andern vorfahren, dann preßten sich die Pferde aneinander und das Riemenzeug hing baumelnd. Die Tiere rissen an der Deichsel, der Wagen rollte, eilig schaukelnd, bis der Bogen um den vordern Wagen vollendet war und die Pferde wieder auseinander traten, nur die schmalen ruhigen Köpfe einander zugeneigt.

Einige Leute kamen rasch auf das Haustor zu, auf dem trockenen Mosaik blieben sie stehn, wandten sich langsam um und schauten in den Regen, der eingezwängt in diese enge Gasse verworren fiel.

Raban fühlte sich müde. Seine Lippen waren blaß wie das ausgebleichte Rot seiner dicken Krawatte, die ein maurisches Muster zeigte. Die Dame bei dem Türstein drüben, die bis jetzt ihre Schuhe angesehn hatte, die unter dem enggehaltenen Rock ganz sichtbar waren, sah jetzt auf ihn. Sie tat es gleichgültig, und außerdem sah sie vielleicht nur auf den Regenfall vor ihm oder auf die kleinen Firmaschildchen, die über seinem Haar an der Tür befestigt waren. Raban glaubte, sie schaue verwundert. ›Also‹, dachte er, ›wenn ich es ihr erzählen könnte, würde sie gar nicht staunen. Man arbeitet so übertrieben im Amt, daß man dann sogar zu müde ist, um seine Ferien gut zu genießen. Aber durch alle Arbeit erlangt man noch keinen Anspruch darauf, von allen mit Liebe behandelt zu werden, vielmehr ist man allein, gänzlich fremd und nur Gegenstand der Neugierde. Und solange du man sagst an Stelle von ich, ist es nichts und man kann diese Geschichte aufsagen, sobald du aber dir eingestehst, daß du selbst es bist, dann wirst du förmlich durchbohrt und bist entsetzt.‹

Er stellte den mit gewürfeltem Tuch benähten Handkoffer nieder und beugte dabei die Knie ein. Schon rann das Regenwasser an der Kante der Fahrbahn in Streifen, die sich zu den tiefer gelegenen Kanälen fast spannten.

›Wenn ich aber selbst unterscheide zwischen man und ich, wie darf ich mich dann über die andern beklagen. Sie sind wahrscheinlich nicht ungerecht, aber ich bin zu müde, um alles einzusehn. Ich bin sogar zu müde, um ohne Anstrengung den Weg zum Bahnhof zu gehn, der doch kurz ist. Warum bleibe ich also diese kleinen Ferien über nicht in der Stadt, um mich zu erholen? Ich bin doch unvernünftig. – Die Reise wird mich krank machen, ich weiß es wohl. Mein Zimmer wird nicht genügend bequem sein, das ist auf dem Land nicht anders möglich. Kaum sind wir auch in der ersten Hälfte des Juni, die Luft auf dem Lande ist oft noch sehr kühl. Zwar bin ich vorsichtig gekleidet, aber ich werde mich selbst Leuten anschließen müssen, die spät am Abend spazieren. Es sind dort Teiche, man wird entlang der Teiche spazierengehn. Da werde ich mich sicher erkälten. Dagegen werde ich mich bei den Gesprächen wenig hervortun. Ich werde den Teich nicht mit andern Teichen in einem entfernten Land vergleichen können, denn ich bin nie gereist, und um vom Mond zu reden und Seligkeit zu empfinden und schwärmend auf

Schutthaufen zu steigen, dazu bin ich doch zu alt, um nicht ausgelacht zu werden.‹

Die Leute gingen mit etwas tief gehaltenen Köpfen vorüber, über denen sie lose die dunklen Schirme trugen. Ein Lastwagen fuhr auch vorüber, auf dessen mit Stroh gefüllten Kutschersitz ein Mann so nachlässig die Beine streckte, daß ein Fuß fast die Erde berührte, während der andere gut auf Stroh und Fetzen lag. Es sah aus, als sitze er bei schönem Wetter in einem Felde. Doch hielt er aufmerksam die Zügel, daß sich der Wagen, auf dem Eisenstangen aneinanderschlugen, gut durch das Gedränge drehte. Auf der Erde sah man in der Nässe den Widerschein des Eisens von Steinreihen zu Steinreihen in Windungen und langsam gleiten. Der kleine Junge bei der Dame gegenüber war gekleidet wie ein alter Weinbauer. Sein faltiges Kleid machte unten einen großen Kreis und war nur, fast schon unter den Achseln, von einem Lederriemen umfaßt. Seine halbkugelige Mütze reichte bis zu den Brauen und ließ von der Spitze aus eine Quaste bis zum linken Ohr hinunterhängen. Der Regen freute ihn. Er lief aus dem Tor und schaute mit offenen Augen zum Himmel, um mehr Regen abzufangen. Er sprang oft hoch, so daß das Wasser viel spritzte und Vorübergehende ihn sehr tadelten. Da rief ihn die Dame und hielt ihn fortan mit der Hand; doch weinte er nicht.

Raban erschrak da. War es nicht schon spät? Da er Überzieher und Rock offen trug, griff er rasch nach seiner Uhr. Sie ging nicht. Verdrießlich fragte er einen Nachbarn, der ein wenig tiefer im Flur stand, nach der Zeit. Der führte ein Gespräch und noch in dem Gelächter, das dazu gehörte, sagte er: »Bitte, vier Uhr vorüber« und wandte sich ab.

Raban spannte schnell sein Schirmtuch auf und nahm seinen Koffer in die Hand. Als er aber auf die Straße treten wollte, wurde ihm der Weg durch einige eilende Frauen versperrt, die er also noch vorüberließ. Er sah dabei auf den Hut eines kleinen Mädchens nieder, der, aus rotgefärbtem Stroh geflochten, auf dem gewellten Rande ein grünes Kränzchen trug. Noch hatte er es in der Erinnerung, als er schon auf der Straße war, die ein wenig in der Richtung anstieg, in die er gehen wollte. Dann vergaß er es, denn er mußte sich jetzt ein wenig bemühn; das Köfferchen war ihm nicht leicht und der Wind blies ihm ganz entgegen, machte den Rock wehen und drückte die Schirmdrähte vorne ein.

Er mußte tiefer atmen; eine Uhr auf einem nahen Platz in der Tiefe schlug ein Viertel auf fünf, er sah unter dem Schirm die leichten kurzen Schritte der Leute, die ihm entgegen kamen, gebremste Wagenräder knirschten, sich langsamer drehend, die Pferde streckten ihre dünnen Vorderbeine, gewagt wie Gemsen im Gebirge.

Da schien es Raban, er werde auch noch die lange schlimme Zeit der nächsten vierzehn Tage überstehn. Denn es sind nur vierzehn Tage, also eine begrenzte Zeit, und wenn auch die Ärgernisse immer größer werden, so vermindert sich doch die Zeit, während welcher man sie ertragen muß. Daher wächst der Mut ohne Zweifel. ›Alle, die mich quälen wollen und die jetzt den ganzen Raum um mich besetzt haben, werden ganz allmählich durch den gütigen Ablauf dieser Tage zurückgedrängt, ohne daß ich ihnen auch nur im geringsten helfen müßte. Und ich kann, wie es sich als natürlich ergeben wird, schwach und still sein und alles mit mir ausführen lassen und doch muß alles gut werden, nur durch die verfließenden Tage.

Und überdies kann ich es nicht machen, wie ich es immer als Kind bei gefährlichen Geschäften machte? Ich brauche nicht einmal selbst aufs Land fahren, das ist nicht nötig. Ich schicke meinen angekleideten Körper. Wankt er zur Tür meines Zimmers hinaus, so zeigt das Wanken nicht Furcht, sondern seine Nichtigkeit. Es ist auch nicht Aufregung, wenn er über die Treppe stolpert, wenn er schluchzend aufs Land fährt und weinend dort sein Nachtmahl ißt. Denn ich, ich liege inzwischen in meinem Bett, glatt zugedeckt mit gelbbrauner Decke, ausgesetzt der Luft, die durch das wenig geöffnete Zimmer weht. Die Wagen und Leute auf der Gasse fahren und gehen zögernd auf blankem Boden, denn ich träume noch. Kutscher und Spaziergänger sind schüchtern und jeden Schritt, den sie vorwärts wollen, erbitten sie von mir, indem sie mich ansehn. Ich ermuntere sie, sie finden kein

Hindernis. Ich habe, wie ich im Bett liege, die Gestalt eines großen Käfers, eines Hirschkäfers oder eines Maikäfers, glaube ich.‹

Vor einer Auslage, in der hinter einer nassen gläsernen Scheibe auf Stäbchen kleine Herrenhüte hingen, blieb er stehn und schaute, die Lippen gespitzt, in sie. ›Nun, mein Hut wird für die Ferien noch reichen‹, dachte er und ging weiter, ›und wenn mich niemand meines Hutes halber leiden kann, dann ist es desto besser. Eines Käfers große Gestalt, ja. Ich stellte es dann so an, als handle es sich um einen Winterschlaf, und ich preßte meine Beinchen an meinen gebauchten Leib. Und ich lisple eine kleine Zahl Worte, das sind Anordnungen an meinen traurigen Körper, der knapp bei mir steht und gebeugt ist. Bald bin ich fertig – er verbeugt sich, er geht flüchtig und alles wird er aufs beste vollführen, während ich ruhe.‹

Er erreichte ein freistehendes, sich rundwölbendes Tor, das auf der Höhe der steilen Gasse auf einen kleinen Platz führte, der von vielen schon beleuchteten Geschäften umgeben war. In der Mitte des Platzes, durch das Licht am Rande etwas verdunkelt, stand das niedrige Denkmal eines sitzenden nachdenklichen Mannes. Die Leute bewegten sich wie schmale Blendscheiben vor den Lichtern, und da die Pfützen allen Glanz weit und tief ausbreiteten, änderte sich der Anblick des Platzes unaufhörlich. Raban drang wohl weit im Platze vor, wich aber den treibenden Wagen zuckend aus, sprang von vereinzeltem trockenem Stein wieder zu trockenen Steinen und hielt den offenen Schirm in der hocherhobenen Hand, um alles rund herum zu sehen. Bis er bei einer Laternenstange – einer Haltestelle der elektrischen Bahn –, die auf einen kleinen viereckigen Pflasteraufbau gestellt war, stehenblieb.

›Auf dem Lande erwartet man mich doch. Macht man sich nicht schon Gedanken? Aber ich habe ihr die Woche über, seit sie auf dem Lande ist, nicht geschrieben, nur heute früh. Da stellt man sich schon mein Aussehen am Ende anders vor. Man glaubt vielleicht, daß ich losstürze, wenn ich einen anspreche, doch das ist nicht meine Gewohnheit, oder daß ich umarme, wenn ich ankomme, auch das tue ich nicht. Ich werde sie böse machen, wenn ich versuchen werde, sie zu begütigen. Ach, wenn ich sie durchaus böse machen könnte, beim Versuch sie zu begütigen.‹

Da fuhr ein offener Wagen nicht schnell vorüber, hinter seinen zwei brennenden Laternen waren zwei Damen sitzend auf dunklen Lederbänkchen zu sehn. Die eine war zurückgelehnt und hatte das Gesicht durch einen Schleier und den Schatten ihres Hutes verdeckt. Doch der Oberkörper der andern Dame war aufrecht; ihr Hut war klein, ihn begrenzten dünne Federn. Jeder konnte sie sehn. Ihre Unterlippe war ein wenig in den Mund gezogen.

Gleich als der Wagen an Raban vorüber war, verstellte irgendeine Stange den Anblick des Handpferdes dieses Wagens, dann wurde irgendein Kutscher – der trug einen großen Zylinderhut – auf einem ungewöhnlich hohen Bock vor die Damen geschoben, – das war schon viel weiter, – dann fuhr ihr Wagen selbst um die Ecke eines kleinen Hauses, das jetzt auffallend wurde, und verschwand dem Blick.

Raban sah ihm nach, mit geneigtem Kopf, lehnte den Schirmstock an die Schulter, um besser zu sehn. Den Daumen der rechten Hand hatte er in den Mund gesteckt und rieb die Zähne daran. Sein Koffer lag neben ihm, mit einer Seitenfläche auf der Erde. Wagen eilten von Gasse zu Gasse über den Platz, die Leiber der Pferde flogen waagrecht wie geschleudert, aber das Nicken des Kopfes und des Halses zeigte Schwung und Mühe der Bewegung an.

Ringsum auf den Trottoirkanten aller drei hier zusammentreffenden Straßen standen viele Nichtstuer, die mit kleinen Stöckchen auf das Pflaster klopften. Zwischen ihren Gruppen waren Türmchen, in denen Mädchen Limonade ausschenkten, dann schwere Straßenuhren auf dünnen Stäben, dann Männer, die auf Brust und Rücken große Tafeln trugen, auf welchen in vielfarbigen Buchstaben Vergnügungen angekündigt waren, dann Dienstmänner, ... *(zwei Seiten fehlen)...* eine kleine Gesellschaft. Zwei herrschaftliche Wagen, die quer durch den Platz in die abfallende Gasse fuhren, hielten einige Herren dieser Gesellschaft zurück, doch hinter dem zweiten Wagen – schon hinter dem ersten hatten sie es ängstlich versucht – vereinigten sich diese Herren wieder zu einem Haufen mit den andern, mit denen sie dann in einer langen Reihe das Trottoir betraten und sich in die Türe eines Kaffeehauses drängten, überstürzt von den Lichtern der Glühbirnen, die über dem Eingang hingen.

Wagen der elektrischen Straßenbahn fuhren groß in der Nähe vorüber, andere standen weit in den Straßen undeutlich still. ›Wie gebückt sie ist‹, dachte Raban, als er das Bild jetzt ansah, niemals ist sie eigentlich aufrecht und vielleicht ist ihr Rücken rund. Ich werde viel darauf achten müssen. Und ihr Mund ist so breit und die Unterlippe ragt ohne Zweifel hier vor, ja, ich erinnere mich jetzt auch daran. Und das Kleid! Natürlich, ich verstehe nichts von Kleidern, aber diese ganz knapp genähten Ärmel sind sicher häßlich, wie ein Verband sehn sie aus. Und der Hut, dessen Rand an jeder Stelle mit anderer Biegung in die Höhe aus dem Gesichte gehoben ist. Aber ihre Augen sind schön, sie sind braun, wenn ich nicht irre. Alle sagen, daß ihre Augen schön sind.‹

Als nun ein elektrischer Wagen vor Raban hielt, schoben sich um ihn viele Leute der Wagentreppe zu, mit wenig geöffneten spitzigen Schirmen, die sie aufrecht in den an die Schulter gepreßten Händen hielten. Raban, der den Koffer unter dem Arm hielt, wurde vom Trottoir hinuntergezogen und trat stark in eine unsichtbare Pfütze. Im Wagen kniete auf der Bank ein Kind und drückte die Fingerspitzen beider Hände an die Lippen, als nähme es Abschied von jemandem, der jetzt davonging. Einige Passagiere stiegen herunter und mußten einige Schritte entlang des Wagens gehn, um aus dem Gedränge zu kommen. Dann stieg eine Dame auf die erste Stufe, ihre Schleppe, die sie mit beiden Händen hielt, lag knapp über ihren Beinen. Ein Herr hielt sich an einer Messingstange und erzählte, den Kopf gehoben, einiges der Dame. Alle die einsteigen wollten, waren ungeduldig. Der Kondukteur schrie.

Raban, der jetzt am Rande der wartenden Gruppe stand, wandte sich um, denn jemand hatte seinen Namen gerufen. »Ach, Lement«, sagte er langsam und reichte einem herankommenden jungen Mann den kleinen Finger der Hand, in der er den Schirm hielt.

»Das ist also der Bräutigam, der zu seiner Braut fährt. Er sieht schrecklich verliebt aus«, sagte Lement und lächelte dann mit geschlossenem Munde.

»Ja, du mußt verzeihn, daß ich heute fahre«, sagte Raban. »Ich habe dir auch nachmittag geschrieben. Ich wäre natürlich sehr gerne morgen mit dir gefahren, aber morgen ist Samstag, alles wird überfüllt sein, die Fahrt ist lang.«

»Das macht ja nichts. Du hast es mir zwar versprochen, aber wenn man verliebt ist. Ich werde eben allein fahren müssen.« Lement hatte einen Fuß auf dem Trottoir, den andern auf das Pflaster gestellt und stützte den Oberkörper bald auf das eine, bald auf das andere Bein. – »Du wolltest jetzt in die Elektrische steigen; gerade fährt sie weg. Komm, wir gehn zu Fuß, ich begleite dich. Es ist noch Zeit genug.«

»Ist es nicht schon spät, ich bitte dich?«

»Es ist kein Wunder, daß du ängstlich bist, aber du hast wirklich noch Zeit. Ich bin nicht so ängstlich, deshalb habe ich auch jetzt Gillemann verfehlt.«

»Gillemann? Wird er nicht auch draußen wohnen?« »Ja, er mit seiner Frau, nächste Woche wollen sie hinausfahren und deshalb hatte ich eben Gillemann versprochen, ihn heute, wenn er aus dem Büro kommt, zu treffen. Er wollte mir einige Anweisungen betreffs ihrer Wohnungseinrichtung geben, deshalb sollte ich ihn treffen. Nun habe ich mich aber irgendwie verspätet, ich hatte Besorgungen. Und gerade als ich nachdachte, ob ich nicht in ihre Wohnung gehen sollte, sah ich dich, war zuerst über den Koffer erstaunt und sprach dich an. Nun ist es aber schon zu sehr Abend, um Besuche zu machen, es ist ziemlich unmöglich, noch zu Gillemann hinzugehen.«

»Natürlich. So werde ich also doch Bekannte draußen haben. Die Frau Gillemann habe ich übrigens nie gesehn.« »Und die ist sehr schön. Sie ist blond, und jetzt nach ihrer Krankheit blaß. Sie hat die schönsten Augen, die ich je gesehen habe.« »Ich bitte dich, wie sehn schöne Augen aus? Ist es der Blick? Ich habe Augen niemals schön gefunden.«

»Gut, ich habe vielleicht ein wenig übertrieben. Sie ist aber eine hübsche Frau.«

Durch die Scheibe eines ebenerdigen Kaffeehauses sah man eng beim Fenster um einen dreiseitigen Tisch lesende und essende Herren sitzen; einer hatte eine Zeitung auf den Tisch gesenkt, ein Täßchen hielt er erhoben, aus den Augenwinkeln sah er in die Gasse. Hinter diesen Fenstertischen war in dem großen Saale jedes Möbel und Gerät durch die Gäste verdeckt, die in kleinen Kreisen nebeneinander saßen. ...(Zwei Seiten fehlen.)... »Zufällig ist es aber kein unangenehmes Geschäft, nicht wahr. Viele würden diese Last auf sich nehmen, meine ich.«

Sie betraten einen ziemlich dunklen Platz, der auf ihrer Straßenseite früher begann, denn die gegenüberliegende ragte weiter. Auf der Seite des Platzes, an der entlang sie weitergingen, stand ein ununterbrochener Häuserzug, von dessen Ecken aus zwei voneinander zuerst weit entfernte Häuserreihen in die unkenntliche Ferne rückten, in der sie sich zu vereinigen schienen. Das Trottoir war schmal an den meist kleinen Häusern, man sah keine Geschäftsläden, hier fuhr kein Wagen. Ein eiserner Ständer, nahe dem Ende der Gasse, aus der sie kamen, trug einige Lampen, die in zwei waagrecht übereinander hängenden Ringen befestigt waren. Die trapezförmige Flamme brannte zwischen aneinandergefügten Glasplatten unter turmartigem breitem Dunkel wie in einem Zimmerchen und ließ wenige Schritte entferntes Dunkel bestehn.

»Nun aber ist es sicher schon zu spät, du hast es mir verheimlicht und ich versäume den Zug. Warum?« ... (Vier Seiten fehlen.) ...

»Ja, höchstens den Pirkershofer, na und der.«

»Der Name kommt, glaube ich, in den Briefen der Betty vor, er ist Bahnaspirant, nicht?«

»Ja, Bahnaspirant und unangenehmer Mensch. Du wirst mir recht geben, sobald du diese kleine dicke Nase gesehen hast. Ich sage dir, wenn man mit dem durch die langweiligen Felder geht... Übrigens ist er schon versetzt und geht, glaube und hoffe ich, nächste Woche von dort weg.«

»Warte, du hast früher gesagt, du rätst mir, heute nacht noch hier zu bleiben. Ich habe es überlegt, das würde nicht gut gehn. Ich habe doch geschrieben, daß ich heute abend komme, sie werden mich erwarten.«

»Das ist doch einfach, du telegraphierst.«

»Ja, das ginge – aber es wäre nicht hübsch, wenn ich nicht fahren würde – auch bin ich müde, ich werde doch schon fahren; – wenn ein Telegramm käme, würden sie noch erschrecken. – Und wozu das, wohin würden wir auch gehn?«

»Dann ist es wirklich besser, wenn du fährst. Ich dachte nur –. Auch könnte ich heute nicht mit dir gehn, da ich verschlafen bin, das habe ich dir zu sagen vergessen. Ich werde mich auch schon verabschieden, denn durch den nassen Park will ich dich nicht mehr begleiten, da ich doch noch zu Gillemanns schauen möchte. Es ist dreiviertel sechs, da kann man doch noch bei guten Bekannten Besuche machen. Addio. Also glückliche Reise und grüße mir alle!«

Lement wendete sich nach rechts und reichte die rechte Hand zum Abschied hin, so daß er während eines Augenblicks gegen seinen ausgestreckten Arm ging. »Adieu«, sagte Raban.

Aus einer kleinen Entfernung rief noch Lement: »Du, Eduard, hörst du mich, mach doch deinen Schirm zu, es regnet ja längst nicht mehr. Ich kam nicht dazu, es dir zu sagen.«

Raban antwortete nicht, zog den Schirm zusammen und der Himmel schloß sich bleich verdunkelt über ihm.

»Wenn ich wenigstens«, dachte Raban, in einen falschen Zug einsteigen würde. Dann würde es mir doch scheinen, als sei das Unternehmen schon begonnen, und wenn ich später, nach Aufklärung des Irrtums, zurückfahrend wieder in diese Station käme, dann wäre mir schon viel wohler. Ist aber endlich die Gegend dort langweilig, wie Lement sagt, so muß das keineswegs ein Nachteil sein. Sondern man wird sich mehr in den Zimmern aufhalten und eigentlich niemals bestimmt wissen, wo alle andern sind, denn ist eine Ruine in der Umgebung, so unternimmt man wohl einen gemeinsamen Spaziergang zu dieser Ruine, wie man es schon einige Zeit vorher sicher verabredet hat. Dann aber muß man sich darauf freuen, deshalb darf man es nicht versäumen. Gibt es aber keine solche Sehenswürdigkeit, dann gibt es vorher auch keine Besprechung, denn man erwartet, es werden sich schon alle leicht zusammenfinden, wenn man plötzlich, gegen alle Gewohnheit, einen größern Ausflug für gut hält, denn man braucht nur das Mädchen in die Wohnung der andern schicken, wo sie vor einem Brief oder vor Büchern sitzen und entzückt durch diese Nachricht werden. Nun, gegen solche Einladungen sich zu schützen, ist nicht schwer. Und doch weiß ich nicht, ob ich es können werde, denn es ist nicht so leicht, wie ich es mir denke, da ich noch allein bin und noch alles tun kann, noch zurückgehn kann, wenn ich will, denn ich werde dort niemanden haben, dem ich Besuche machen könnte, wann ich will, und niemanden, mit dem ich beschwerlichere Ausflüge machen könnte, der mir dort den Stand seines Getreides zeigte oder einen Steinbruch, den er dort betreiben läßt. Denn selbst alter Bekannter ist man gar nicht sicher. War nicht Lement heute freundlich zu mir, er hat mir doch einiges erklärt und er hat alles so dargestellt, wie es mir erscheinen wird. Er hat mich angesprochen und mich dann begleitet, trotzdem er nichts von mir erfahren wollte und selbst ein anderes Geschäft noch hatte. Jetzt aber ist er unversehens weggegangen, und doch habe ich ihn mit keinem Worte kränken können. Ich habe mich zwar geweigert, den Abend in der Stadt zu verbringen, aber das war doch natürlich, das kann ihn nicht beleidigt haben, denn er ist ein vernünftiger Mensch.‹

Die Bahnhofsuhr schlug, es war dreiviertel sechs. Raban blieb stehn, weil er Herzklopfen verspürte, dann ging er rasch den Parkteich entlang, kam in einen schmalen, schlecht beleuchteten Weg zwischen großen Sträuchern, stürzte in einen Platz, auf dem viele leere Bänke an Bäumchen gelehnt standen, lief dann langsamer durch eine Öffnung im Gitter auf die Straße, durchquerte sie, sprang in die Bahnhofstüre, fand den Schalter nach einem Weilchen und mußte ein wenig an den Blechverschluß klopfen. Dann sah der Beamte heraus, sagte, es sei doch höchste Zeit, nahm die Banknote und warf laut die verlangte Karte und kleines Geld auf das Brett. Nun wollte Raban rasch nachrechnen, da er dachte, er müsse mehr herausbekommen, aber ein Diener, der in der Nähe ging, trieb ihn durch eine gläserne Tür auf den Bahnsteig. Raban sah sich dort um, während er dem Diener »Danke, danke!« zurief, und da er keinen Kondukteur fand, stieg er allein die nächste Waggontreppe hinauf, indem er den Koffer immer auf die höhere Stufe stellte und dann selbst nachkam, mit der einen Hand auf den Schirm gestützt und die andere am Griff des Koffers. Der Waggon, den er betrat, war hell durch das viele Licht der Bahnhofshalle, in der er stand; vor mancher Scheibe, alle waren bis in die Höhe geschlossen, hing nahe sichtbar eine rauschende Bogenlampe und die vielen Regentropfen am Fensterglase waren weiß, oft bewegten sich einzelne. Raban hörte den Lärm vom Bahnsteig her, auch als er die Waggontüre geschlossen hatte und sich auf das letzte freie Stückchen einer hellbraunen Holzbank setzte. Er sah viele Rücken und Hinterköpfe und zwischen ihnen die zurückgelehnten Gesichter auf der gegenüberliegenden Bank. An einigen Stellen drehte sich Rauch aus Pfeifen und Zigarren und zog einmal schlaff am Gesichte eines Mädchens vorüber. Oft änderten die Passagiere ihren Sitz und besprachen diese Änderung miteinander, oder sie übertrugen ihr Gepäck, das in einem schmalen blauen Netz über einer Bank lag, in ein anderes. Ragte ein Stock oder die beschlagene Kante eines Koffers vor, dann wurde der Besitzer darauf aufmerksam gemacht. Er ging dann hin und stellte die Ordnung wieder her. Auch Raban besann sich und schob seinen Koffer unter seinen Sitz.

Zu seiner linken Seite bei dem Fenster saßen einander gegenüber zwei Herren und sprachen über Warenpreise. ›Das sind Geschäftsreisende‹, dachte Raban, und regelmäßig atmend sah er sie an. ›Der Kaufmann schickt sie auf das Land, sie folgen, sie fahren mit der Eisenbahn und in jedem Dorf gehn sie von Geschäft zu Geschäft. Manchmal fahren sie im Wagen zwischen den Dörfern. Nirgends müssen sie sich lange aufhalten, denn alles soll rasch geschehn, und immer müssen sie nur von Waren reden. Mit welcher Freude kann man sich dann anstrengen in einem Berufe, der so angenehm ist!‹

Der Jüngere hatte ein Notizbuch aus der hintern Hosentasche mit einem Ruck gezogen, blätterte darin mit rasch an der

Zunge befeuchtetem Zeigefinger und las dann eine Seite durch, während er den Rücken des Fingernagels an ihr hinunterzog. Er sah Raban an, als er aufblickte, und drehte auch, als er jetzt über Zwirnpreise redete, das Gesicht von Raban nicht ab, wie man irgendwohin fest blickt, um nichts von dem zu vergessen, was man sagen will. Er preßte dabei die Brauen gegen seine Augen. Das halbgeschlossene Notizbuch hielt er in der linken Hand, den Daumen auf der gelesenen Seite, um leicht nachschauen zu können, wenn er es nötig hätte. Dabei zitterte das Notizbuch, denn er stützte diesen Arm nirgends auf und der fahrende Wagen schlug auf die Schienen wie ein Hammer.

Der andere Reisende hatte seinen Rücken angelehnt, hörte zu und nickte in gleichen Pausen mit dem Kopfe. Es war zu sehen, daß er keinesfalls mit allem übereinstimmte und später seine Meinung sagen würde.

Raban legte die gehöhlten Handflächen auf seine Knie und sich vorbeugend, sah er zwischen den Köpfen der Reisenden das Fenster und durch das Fenster Lichter, die vorüber-, und andere, die zurück in die Ferne flogen. Von der Rede des Reisenden verstand er nichts, auch die Antwort des andern würde er nicht verstehn. Da wäre erst große Vorbereitung nötig, denn hier sind Leute, die von ihrer Jugend an mit Waren sich beschäftigt haben. Hat man aber eine Zwirnspule so oft schon in der Hand gehabt und sie so oft der Kundschaft überreicht, dann kennt man den Preis und kann darüber reden, während Dörfer uns entgegenkommen und vorübereilen, während sie zugleich sich in die Tiefe des Landes wenden, wo sie für uns verschwinden müssen. Und doch sind diese Dörfer bewohnt und vielleicht gehn dort Reisende von Geschäft zu Geschäft.

Vor der Waggonecke am andern Ende stand ein großer Mann auf, in der Hand hielt er Spielkarten und rief: »Du, Marie, hast du auch die Zephirhemden miteingepackt?« »Aber ja«, sagte das Weib, das gegenüber Raban saß. Sie hatte ein wenig geschlafen, und als die Frage sie jetzt weckte, antwortete sie so vor sich hin, als ob sie es Raban sagte. »Sie fahren auf den Markt nach Jungbunzlau, nicht?« fragte sie der lebhafte

Reisende. »Ja, nach Jungbunzlau.« »Diesmal ist es ein großer Markt, nicht wahr?« »Ja, ein großer Markt.« Sie war schläfrig, sie stützte den linken Ellbogen auf ein blaues Bündel und ihr Kopf legte sich schwer gegen ihre Hand, die sich durch das Fleisch der Wange bis an den Wangenknochen drückte. »Wie jung sie ist«, sagte der Reisende.

Raban nahm das Geld, das er vom Kassier erhalten hatte, aus der Westentasche und überzählte es. Er hielt jedes Geldstück lange aufrecht zwischen Daumen und Zeigefinger fest und drehte es auch mit der Spitze des Zeigefingers auf der Innenseite des Daumens hin und her. Er sah lange das Bild des Kaisers an, dann fiel ihm der Lorbeerkranz auf und wie er mit Knoten und Schleifen eines Bandes am Hinterkopf befestigt war. Endlich fand er, daß die Summe richtig sei, und legte das Geld in ein großes schwarzes Portemonnaie. Als er aber nun dem Reisenden sagen wollte: ›Das ist ein Ehepaar, meinen Sie nicht?‹ hielt der Zug. Der Lärm der Fahrt hörte auf, Schaffner riefen den Namen eines Ortes und Raban sagte nichts.

Der Zug fuhr so langsam an, daß man sich die Umdrehung der Räder vorstellen konnte, gleich aber jagte er eine Senkung hinab und ohne Vorbereitung wurden vor den Fenstern die langen Geländerstangen einer Brücke auseinandergerissen und aneinandergepreßt, wie es schien.

Raban gefiel es jetzt, daß der Zug so eilte, denn er hätte nicht in dem letzten Orte bleiben wollen. ›Wenn es dort dunkel ist, wenn man niemanden dort kennt, wenn es soweit nach Hause ist. Dann muß es bei Tag aber dort schrecklich sein. Und ist es in der nächsten Station anders oder in den frühern oder in den spätern oder in dem Dorf, nach dem ich fahre?‹

Der Reisende redete plötzlich lauter. ›Es ist ja noch weit‹, dachte , Raban. »Herr, Sie wissen es ja so gut wie ich, in den kleinsten Nestern lassen diese Fabrikanten reisen, zum dreckigsten Krämer kriechen sie und glauben Sie, daß sie ihnen andere Preise machen als uns Großkaufleuten? Herr, lassen Sie es sich gesagt sein, ganz dieselben Preise, gestern erst habe ich es schwarz auf weiß gesehn. Ich nenne das Schufterei. Man erdrückt uns, bei den heutigen Verhältnissen ist es für uns einfach überhaupt unmöglich, Geschäfte zu machen, man erdrückt uns.« Wieder sah er Raban an; er schämte sich der Tränen in seinen Augen nicht; die Fingergelenke der linken Hand drückte er an seinen Mund, weil seine Lippen zitterten. Raban lehnte sich zurück und zog mit der linken Hand schwach an seinem Schnurrbart.

Die Krämerin gegenüber erwachte und strich mit den Händen lächelnd über die Stirn. Der Reisende redete leiser. Noch einmal rückte sich die Frau wie zum Schlafen zurecht, lehnte sich halb liegend auf ihr Bündel und seufzte. Über ihrer rechten Hüfte spannte sich der Rock.

Hinter ihr saß ein Herr mit einer Reisemütze auf dem Kopfe und las in einer großen Zeitung. Das Mädchen ihm gegenüber, das wahrscheinlich seine Verwandte war, bat ihn – und neigte dabei den Kopf gegen die rechte Schulter –, er möchte doch das Fenster öffnen, denn es wäre sehr heiß. Er sagte, ohne aufzuschauen, er wolle es gleich tun, nur müsse er noch vorher einen Abschnitt in der Zeitung zu Ende lesen und er zeigte ihr, welchen Abschnitt er meinte.

Die Krämerin konnte nicht mehr einschlafen, sie setzte sich aufrecht und sah aus dem Fenster, dann sah sie lange die Petroleumflamme an, die gelb an der Waggondecke brannte. Raban schloß die Augen für ein Weilchen.

Als er aufblickte, biß gerade die Krämerin in ein Stück Kuchen, das mit brauner Marmelade bedeckt war. Das Bündel neben ihr war offen. Der Reisende rauchte schweigend eine Zigarre und tat fortwährend so, als klopfte er die Asche vom Ende ab. Der andere fuhr mit der Spitze eines Messers im Räderwerk einer Taschenuhr hin und her, so daß man es hörte.

Mit fast geschlossenen Augen sah Raban noch undeutlich, wie der Herr mit der Reisemütze am Fensterriemen zog. Kühle Luft schlug herein, ein Strohhut fiel von einem Haken. Raban glaubte, er erwache und deshalb seien seine Wangen so erfrischt oder man öffne die Tür und ziehe ihn ins Zimmer oder er täusche sich irgendwie, und schnell schlief er mit tiefen Atemzügen ein.

II

Es zitterte die Wagentreppe noch ein wenig, als Raban jetzt auf ihr hinunterstieg. An sein Gesicht, das aus der Waggonluft kam, stieß der Regen und er schloß die Augen. – Auf das Blechdach vor dem Stationsgebäude regnete es lärmend, aber in das weite Land fiel der Regen nur so, daß man einen regelmäßig wehenden Wind zu hören glaubte. Ein barfüßiger Junge kam herbeigelaufen – Raban hatte nicht gesehn von wo – und bat, außer Atem, Raban möchte ihn den Koffer tragen lassen, denn es regne, doch Raban sagte: Ja, es regne, deshalb werde er mit dem Omnibus fahren. Er brauche ihn nicht. Darauf machte der Junge eine Grimasse, als halte er es für vornehmer, im Regen zu gehn und sich den Koffer tragen zu lassen als zu fahren, drehte sich gleich um und lief weg. Da war es schon zu spät, als Raban ihn rufen wollte.

Zwei Laternen sah man brennen und ein Stationsbeamter trat aus einer Tür. Er ging, ohne zu zögern, durch den Regen zur Lokomotive, stand dort mit verschränkten Armen still und wartete, bis der Lokomotivführer sich über sein Geländer beugte und mit ihm sprach. Ein Diener wurde gerufen, kam und wurde zurückgeschickt. An manchen Fenstern des Zuges standen Passagiere, und da sie ein gewöhnliches Stationsgebäude ansehn mußten, so war wohl ihr Blick trübe, die Augenlider waren einander genähert, wie während der Fahrt. Ein Mädchen, das von der Landstraße her unter einem Sonnenschirm mit Blumenmuster auf den Perron eilig kam, stellte den offenen Schirm auf den Boden, setzte sich und preßte die Beine auseinander, damit ihr Rock besser trockne, und mit den Fingerspitzen fuhr sie über den gespannten Rock. Es brannten nur zwei Laternen, ihr Gesicht war undeutlich. Der Diener, der vorüberkam, beklagte es, daß Pfützen unter dem Schirm entstanden, rundete vor sich die Arme, um die Größe dieser Pfützen zu zeigen, und führte dann die Hände hintereinander durch die Luft wie Fische, die in tieferes Wasser sinken, um klarzumachen, daß durch diesen Schirm auch der Verkehr gehindert sei.

Der Zug fuhr an, verschwand wie eine lange Schiebetür und hinter den Pappeln jenseits der Geleise war die Masse der Gegend, daß es den Atem störte. War es ein dunkler Durchblick oder war es ein Wald, war es ein Teich oder ein Haus, in dem die Menschen schon schliefen, war es ein Kirchturm oder eine Schlucht zwischen den Hügeln; niemand durfte sich dorthin wagen, wer aber konnte sich zurückhalten? –

Und als Raban den Beamten noch erblickte – er war schon vor der Stufe zu seinem Büro –, lief er vor ihn und hielt ihn auf: »Ich bitte schön, ist es weit ins Dorf, ich will nämlich dorthin.«

»Nein, eine Viertelstunde, aber mit dem Omnibus – es regnet ja – sind Sie in fünf Minuten dort. Ich bitte.« »Es regnet. Es ist kein schönes Frühjahr«, sagte Raban darauf. Der Beamte hatte die rechte Hand an die Hüfte gelegt und durch das Dreieck, das zwischen dem Arm und dem Körper entstand, sah Raban das Mädchen, das den Schirm schon geschlossen hatte, auf ihrer Bank.

»Wenn man jetzt in die Sommerfrische fährt und dort bleiben soll, so muß man es bedauern. Eigentlich dachte ich, daß man mich erwarten würde.« Er blickte umher, damit es glaubhaft scheine. »Sie werden den Omnibus versäumen, fürchte ich. Er wartet nicht so lange. Keinen Dank. – Der Weg geht dort zwischen den Hecken.«

Die Straße vor dem Bahnhof war nicht beleuchtet, nur aus drei ebenerdigen Fenstern des Gebäudes kam ein dunstiger Schein, er reichte aber nicht weit. Raban ging auf den Fußspitzen durch den Kot und rief »Kutscher!« und »Hallo!« und »Omnibus!« und »Hier bin ich« viele Male. Als er aber in kaum unterbrochene Pfützen auf der dunklen Straßenseite geriet, mußte er mit ganzen Sohlen weiterstampfen, bis plötzlich eine nasse Pferdeschnauze seine Stirn berührte.

Da war der Omnibus, rasch stieg er in die leere Kammer, setzte sich bei der Glasscheibe hinter dem Kutschbock nieder und beugte den Rücken in den Winkel, denn er hatte alles getan, was nötig war. Denn schläft der Kutscher, so wird er gegen Morgen aufwachen, ist er tot, so wird ein neuer Kutscher kommen oder der Wirt, geschieht aber auch das nicht, so werden mit dem Frühzug Passagiere kommen, eilige Leute, die Lärm machen. Jedenfalls darf man ruhig sein, durfte selbst die Vorhänge vor den Fenstern zusammenziehn und auf den Ruck warten, mit dem dieser Wagen anfahren muß.

›Ja, es ist nach dem vielen, was ich schon unternommen habe, sicher, daß ich morgen zu Betty und zu Mama kommen werde, das kann niemand hindern. Nur ist es richtig und es war auch vorauszusehn, daß mein Brief erst morgen ankommen wird, ich hätte recht gut also noch in der Stadt bleiben und bei Elvy eine angenehme Nacht verbringen können, ohne mich vor der Arbeit des nächsten Tages fürchten zu müssen, was mir sonst jedes Vergnügen verdirbt. Aber schau, ich habe nasse Füße.‹

Er zündete einen Kerzenstumpf an, den er aus der Westentasche genommen hatte, und stellte ihn auf die Bank gegenüber. Es war genügend hell, die Dunkelheit draußen machte, daß man schwarzgetünchte Omnibuswände ohne Scheiben sah. Man mußte nicht gleich daran denken, daß unter dem Boden Räder waren und vorne das angespannte Pferd.

Raban rieb seine Füße gründlich auf der Bank, zog frische Socken an und setzte sich aufrecht. Da hörte er jemanden, der vom Bahnhof her rief: »He!«, wenn ein Passagier im Omnibus sei, dann könne er sich melden.

»Ja, ja, und er möchte schon gerne fahren«, antwortete Raban aus der geöffneten Tür geneigt, mit der rechten Hand am Pfosten sich festhaltend, die linke geöffnet, nahe dem Munde. Stürmisch floß ihm das Regenwasser zwischen Kragen und Hals.

Eingewickelt in die Leinwand zweier zerschnittener Säcke kam der Kutscher herüber, der Widerschein seiner Stallaterne hüpfte durch die Pfützen unter ihm. Verdrießlich begann er eine Erklärung: Aufgepaßt, er habe mit dem Lebeda Karten gespielt und sie wären gerade sehr in Schwung gewesen, wie der Zug gekommen ist. Da wäre es eigentlich für ihn unmöglich gewesen, nachzuschaun, doch wolle er den, der es nicht begreife, nicht beschimpfen. Übrigens sei das hier ein Dreckort ohne Einschränkung und es sei nicht einzusehen, was ein

24

solcher Herr hier zu tun haben könnte, und er käme noch bald genug hinein, so daß er sich nirgends beklagen müsse. Es sei eben erst jetzt Herr Pirkershofer – ich bitte, das ist der Herr Adjunkt – hineingekommen und habe gesagt, er glaube, ein kleiner Blonder habe mit dem Omnibus fahren wollen. Nun, da habe er gleich nachgefragt, oder habe er vielleicht nicht gleich nachgefragt?

Die Laterne wurde an der Deichselspitze befestigt, das Pferd, dumpf angerufen, zog an und das jetzt aufgerührte Wasser oben auf dem Omnibus tropfte durch eine Ritze langsam in den Wagen.

Der Weg konnte gebirgig sein, sicher sprang der Kot in die Speichen, Fächer von Pfützenwasser entstanden rauschend rückwärts an den sich drehenden Rädern, mit meist lockeren Zügeln hielt der Kutscher das triefende Pferd. – Konnte man das alles nicht als Vorwürfe gegen Raban gebrauchen? Viele Pfützen wurden unerwartet von der an der Deichsel zitternden Laterne erhellt und zerteilten sich, Wellen treibend, unter dem Rad. Das geschah nur deshalb, weil Raban zu seiner Braut fuhr, zu Betty, einem ältlichen hübschen Mädchen. Und wer würde, wenn man schon davon reden wollte, würdigen, was für Verdienste Raban hier hatte, und seien es nur die, daß er jene Vorwürfe ertrug, die ihm allerdings niemand offen machen konnte. Natürlich, er tat es gern, Betty war seine Braut, er hatte sie lieb, es wäre ekelhaft, wenn sie ihm auch dafür danken würde, aber immerhin.

Ohne Willen schlug er oft mit dem Kopf an die Wand, an der er lehnte, dann sah er ein Weilchen zur Decke auf. Einmal glitt seine rechte Hand vom Oberschenkel, auf den er sie gelehnt hatte, hinab. Aber der Ellbogen blieb in dem Winkel zwischen dem Bauch und dem Bein.

Schon fuhr der Omnibus zwischen Häusern, hie und da nahm das Wageninnere am Licht eines Zimmers teil, eine Treppe – um ihre ersten Stufen zu sehn hätte Raban sich aufstellen müssen – war zu einer Kirche hin gebaut, vor einem Parktor brannte eine Lampe mit großer Flamme, aber eine Heiligenstatue trat nur durch das Licht eines Kramladens schwarz hervor, jetzt sah Raban seine niedergebrannte Kerze, deren geronnenes Wachs von der Bank unbeweglich hinunterhing.

Als der Wagen vor dem Gasthaus stehenblieb, der Regen stark zu hören war und – wahrscheinlich war ein Fenster offen – auch die Stimmen der Gäste, da fragte sich Raban, was besser sei, gleich auszusteigen oder zu warten, bis der Wirt zum Wagen komme. Wie der Gebrauch in diesem Städtchen war, das wußte er nicht, aber sicherlich hatte Betty schon von ihrem Bräutigam gesprochen, und nach seinem prächtigen oder schwachen Auftreten würde ihr Ansehen hier größer oder kleiner werden und damit wieder sein eigenes auch. Nun wußte er aber weder, in welchem Ansehen sie jetzt stand, noch, was sie über ihn verbreitet hatte, desto unangenehmer und schwieriger. Schöne Stadt und schöner Nachhauseweg! Regnet es dort, fährt man mit der Elektrischen über nasse Steine nach Hause, hier in dem Karren durch Morast zu einem Wirtshaus. – ›Die Stadt ist weit von hier, und würde ich jetzt aus Heimweh zu sterben drohn, hinbringen könnte mich heute niemand mehr. – Nun, ich würde auch nicht sterben – aber dort bekomme ich das für diesen Abend erwartete Gericht auf den Tisch gestellt, rechts hinter dem Teller die Zeitung, links die Lampe, hier wird man mir eine unheimlich fette Speise geben – man weiß nicht, daß ich einen schwachen Magen habe, und wenn man es wüßte –, eine fremde Zeitung, viele Leute, die ich schon höre, werden dabei sein und eine Lampe wird für alle brennen. Was für ein Licht kann das geben, zum Kartenspiel genug, aber zum Zeitunglesen?

Der Wirt kommt nicht, ihm liegt nichts an Gästen, er ist wahrscheinlich ein unfreundlicher Mann. Oder weiß er, daß ich Bettys Bräutigam bin und gibt ihm das einen Grund, nicht um mich zu kommen? Dazu würde es auch passen, daß mich am Bahnhof der Kutscher so lange warten ließ. Betty hat ja öfters erzählt, wie viel sie von lüsternen Männern zu leiden hatte und wie sie ihr Drängen zurückweisen mußte, vielleicht ist das auch hier...‹ (Bricht ab.)

(Zweites Manuskript)

Als Eduard Raban, durch den Flurgang kommend, in die Öffnung des Tores trat, da konnte er sehn, wie es regnete. Es regnete wenig.

Auf dem Trottoir gleich vor ihm, nicht höher, nicht tiefer, gingen trotz des Regens viele Passanten. Manchmal trat einer vor und durchquerte die Fahrbahn.

Ein kleines Mädchen trug auf den vorgestreckten Armen einen grauen Hund. Zwei Herren machten einander gegenseitig Mitteilungen in irgendeiner Sache, sie wandten sich zuweilen mit der ganzen Vorderseite einander zu und kehrten sich dann langsam wieder ab; es erinnerte an im Wind geöffnete Türen. Der eine hielt die Hände mit der innern Fläche nach oben und bewegte sie gleichmäßig auf und ab, als halte er eine Last in Schwebe, um das Gewicht zu prüfen. Dann erblickte man eine schlanke Dame, deren Gesicht leicht zuckte, wie das Licht der Sterne, und deren flacher Hut mit unkenntlichen Dingen bis zum Rande und hoch beladen war; sie erschien zu allen Vorübergehenden ohne Absicht fremd, wie durch ein Gesetz. Und es eilte ein junger Mensch mit dünnem Stock vorüber, die linke Hand, als wäre sie gelähmt, platt auf der Brust. Viele hatten Geschäftswege; trotzdem sie schnell gingen, sah man sie länger als andere, bald auf dem Trottoir, bald unten, die Röcke paßten ihnen schlecht, an der Haltung lag ihnen nichts, sie ließen sich von den Leuten stoßen und stießen auch. Drei Herren – zwei hielten leichte Überröcke auf dem geknickten Unterarm – gingen von der Häusermauer zum Rande des Trottoirs, um zu sehen, wie es auf der Fahrbahn zuging und auf dem jenseitigen Trottoir.

Durch die Lücken zwischen den Vorübergehenden sah man einmal flüchtig, dann bequem, die regelmäßig gefügten Steine der Fahrbahn, auf denen Wagen, schwankend auf den Rädern, von Pferden mit gestreckten Hälsen, rasch gezogen wurden. Die Leute, welche in den gepolsterten Sitzen lehnten, sahen schweigend die Fußgänger an, die Läden, die Balkone und den Himmel. Sollte ein Wagen einem andern vorfahren, dann preßten sich die Pferde aneinander und das Riemenzeug hing baumelnd. Die Tiere rissen an der Deichsel, der Wagen rollte eilig schaukelnd, bis der Bogen um den vordern Wagen vollendet war und die Pferde wieder auseinander traten, noch die schmalen Köpfe einander zugeneigt.

Ein älterer Herr kam rasch auf das Haustor zu, blieb auf dem trockenen Mosaik stehn, wandte sich um. Und schaute dann in den Regen, der eingezwängt in diese enge Gasse verworren fiel.

Raban stellte den mit schwarzem Tuch benähten Handkoffer nieder und beugte dabei ein wenig das rechte Knie. Schon rann das Regenwasser an den Kanten der Fahrbahn in Streifen, die zu den tiefer gelegenen Kanälen sich fast spannten.

Der ältere Herr stand frei nahe bei Raban, der sich ein wenig gegen den hölzernen Torflügel stützte, und sah von Zeit zu Zeit gegen Raban hin, wenn er auch hierzu scharf den Hals drehen mußte. Doch tat er dies nur aus dem natürlichen Bedürfnis, da er nun einmal unbeschäftigt war, alles, in seiner Umgebung wenigstens, genau zu beobachten. Die Folge dieses zwecklosen Hin- und Herschauens war, daß er sehr vieles nicht bemerkte. So entging es ihm, daß Rabans Lippen sehr bleich waren und nicht viel dem ganz ausgebleichten Rot seiner Krawatte nachstanden, die ein ehemals auffallendes maurisches Muster zeigte. Hätte er das aber bemerkt, dann hätte er in seinem Innern sicherlich geradezu ein Geschrei hierüber angefangen, was aber wieder nicht das Richtige gewesen wäre, denn Raban war immer bleich, wenn ihn auch allerdings in letzter Zeit einiges besonders müde gemacht haben konnte.

»Das ist ein Wetter«, sagte der Herr leise und schüttelte zwar bewußt und doch ein wenig greisenhaft den Kopf. »Ja, ja, und wenn man da reisen soll«, sagte Raban und stellte sich schnell aufrecht.

»Und das ist kein Wetter, das sich bessern wird«, sagte der Herr und sah, um alles noch im letzten Augenblick zu überprüfen, sich vorbeugend einmal die Gasse aufwärts, dann abwärts, dann zum Himmel, »das kann Tage, das kann Wochen dauern. Soweit ich mich erinnere, ist auch für Juni und

Anfang Juli nichts Besseres vorhergesagt. Nun, das macht keinem Freude, ich zum Beispiel werde auf meine Spaziergänge verzichten müssen, die für meine Gesundheit äußerst wichtig sind.«

Darauf gähnte er und schien erschlafft, da er nun die Stimme Rabans gehört hatte und, mit diesem Gespräch beschäftigt, an nichts mehr Interesse hatte, nicht einmal an dem Gespräch.

Dies machte auf Raban ziemlichen Eindruck, da ihn doch der Herr zuerst angesprochen hatte, und er versuchte daher, sich ein wenig zu rühmen, selbst wenn es nicht einmal bemerkt werden sollte. »Richtig«, sagte er, »in der Stadt kann man sehr gut auf das verzichten, was einem nicht zuträglich ist. Verzichtet man nicht, dann kann man wegen der schlechten Folgen nur sich selbst Vorwürfe machen. Man wird bereuen und dadurch erst recht klar sehn, wie man sich das nächste Mal verhalten soll. Und wenn das schon im einzelnen... (es fehlen zwei Seiten) ... »Nichts meine ich damit. Ich meine gar nichts«, beeilte sich Raban zu sagen, bereit, wie es nur anging, die Zerstreutheit des Herrn zu entschuldigen, da er sich ja noch ein wenig rühmen wollte. »Alles ist nur aus dem vorerwähnten Buche, das ich eben, wie andere auch, am Abend in der letzten Zeit gelesen habe. Ich war meist allein. Da sind so Familienverhältnisse gewesen. Aber abgesehen von allem andern, ein gutes Buch ist mir nach dem Nachtmahl das Liebste. Schon seit jeher. Letzthin las ich in einem Prospekte als Zitat aus irgendeinem Schriftsteller: ›Ein gutes Buch ist der beste Freund‹, und das ist wirklich wahr, so ist es, ein gutes Buch ist der beste Freund.«

»Ja wenn man jung ist –«, sagte der Herr und meinte nichts Besonders damit, sondern wollte damit nur ausdrücken, wie es regne, daß der Regen wieder stärker sei und daß es nun gar nicht aufhören wolle, aber es klang für Raban so, als halte sich der Herr noch mit sechzig Jahren für frisch und jung und schätze dagegen die dreißig Jahre Rabans für nichts, und wolle damit außerdem, soweit es erlaubt sei, sagen, mit dreißig Jahren sei er allerdings vernünftiger gewesen als Raban. Und er glaube, selbst wenn man sonst nichts zu tun habe, wie zum Beispiel er, ein alter Mann, so heiße es doch seine Zeit verschwenden, wenn man hier im Flur so vor dem Regen stehe, verbringe man die Zeit aber außerdem mit Geschwätz, so verschwende man sie doppelt.

Nun glaubte Raban, seit einiger Zeit könne ihn nichts berühren, was andere über seine Fähigkeiten oder Meinungen sagten, vielmehr habe er förmlich jene Stelle verlassen, wo er ganz hingegeben auf alles gehorcht hatte, so daß Leute jetzt doch nur ins Leere redeten, ob sie nun gegen oder für ihn waren. Darum sagte er: »Wir reden von verschiedenen Dingen, da Sie nicht daraufgewartet haben, was ich sagen will.«

»Bitte, bitte«, sagte der Herr.

»Nun, es ist nicht so wichtig«, sagte Raban, »ich meinte nur, Bücher sind nützlich in jedem Sinn und ganz besonders, wo man es nicht erwarten sollte. Denn wenn man eine Unternehmung vorhat, so sind gerade die Bücher, deren Inhalt mit der Unternehmung gar nichts Gemeinschaftliches hat, die nützlichsten. Denn der Leser, der doch jene Unternehmung beabsichtigt, also irgendwie (und wenn förmlich auch nur die Wirkung des Buches bis zu jener Hitze dringen kann) erhitzt ist, wird durch das Buch zu lauter Gedanken gereizt, die seine Unternehmung betreffen. Da nun aber der Inhalt des Buches ein gerade ganz gleichgültiger ist, wird der Leser in jenen Gedanken gar nicht gehindert und er zieht mit ihnen mitten durch das Buch, wie einmal die Juden durch das Rote Meer, möchte ich sagen.«

Die ganze Person des alten Herrn bekam jetzt für Raban einen unangenehmen Ausdruck. Es schien ihm, als sei er ihm besonders nähergekommen, – es war aber nur unbedeutend … (zwei Seiten fehlen) … »Auch die Zeitung. – Aber ich wollte noch sagen, ich fahre ja nur auf das Land, für vierzehn Tage nur, ich habe mir Urlaub genommen, seit längerer Zeit zum erstenmal, es ist ja auch sonst nötig, und trotzdem hat mich zum Beispiel ein Buch, das ich, wie erwähnt, letzthin gelesen habe, über meine kleine Reise mehr belehrt, als Sie sich vorstellen könnten.«

»Ich höre«, sagte der Herr.

Raban war still und steckte, wie er so aufrecht stand, die Hände in die etwas zu hohen Taschen seines Überziehers.

Erst nach einer Weile sagte der alte Herr: »Diese Reise scheint für Sie eine besondere Wichtigkeit zu haben.« »Nun sehn Sie, sehn Sie«, sagte Raban und stützte sich wieder gegen das Tor. Jetzt erst sah er, wie sich der Gang mit Menschen gefüllt hatte. Sogar vor der Haustreppe standen sie, und ein Beamter, der auch bei derselben Frau wie Raban ein Zimmer gemietet hatte, mußte, als er die Treppe herunterkam, die Leute bitten, ihm Platz zu machen. Er rief Raban, der nur mit der Hand auf den Regen zeigte, über einige Köpfe, die sich jetzt alle zu Raban wandten, »Glückliche Reise« zu und erneuerte ein offenbar früher gegebenes Versprechen, nächsten Sonntag bestimmt Raban zu besuchen. ... (Zwei Seiten fehlen) ... angenehmen Posten hat, mit dem er auch zufrieden ist und der ihn seit jeher erwartete. Er ist so ausdauernd und innerlich lustig, daß er zu seiner Unterhaltung keinen Menschen braucht, aber alle ihn. Immer war er gesund. Ach, reden Sie nicht.

»Ich werde nicht streiten«, sagte der Herr.

»Sie werden nicht streiten, aber auch Ihren Irrtum nicht zugeben, warum bestehn Sie denn so darauf. Und wenn Sie sich jetzt noch so scharf daran erinnern, Sie würden, ich wette, alles vergessen, wenn Sie mit ihm reden würden. Sie würden mir Vorwürfe machen, daß ich Sie jetzt nicht besser widerlegt habe. Wenn er nur über ein Buch spricht. Für alles Schöne ist er gleich begeistert.« ...